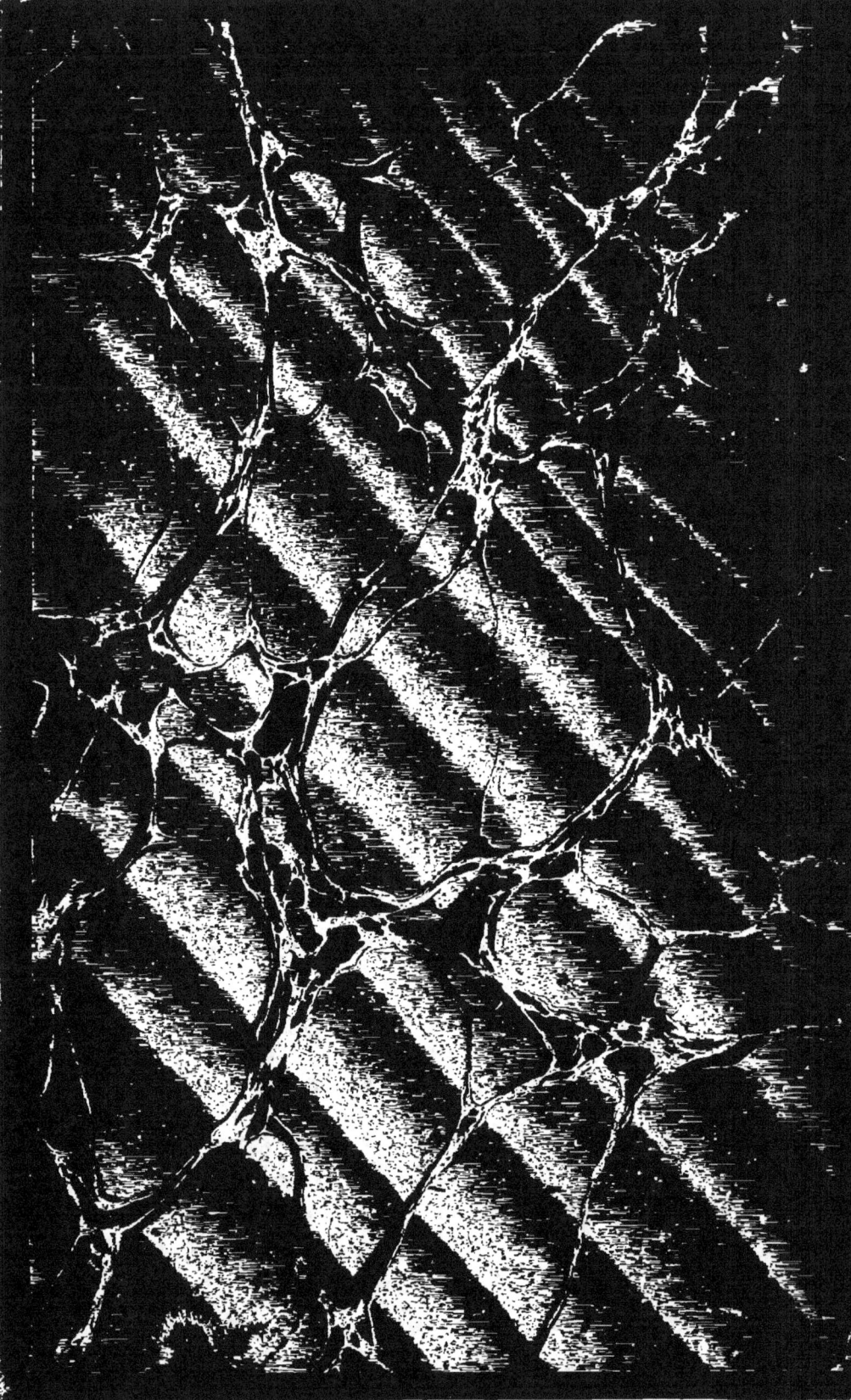

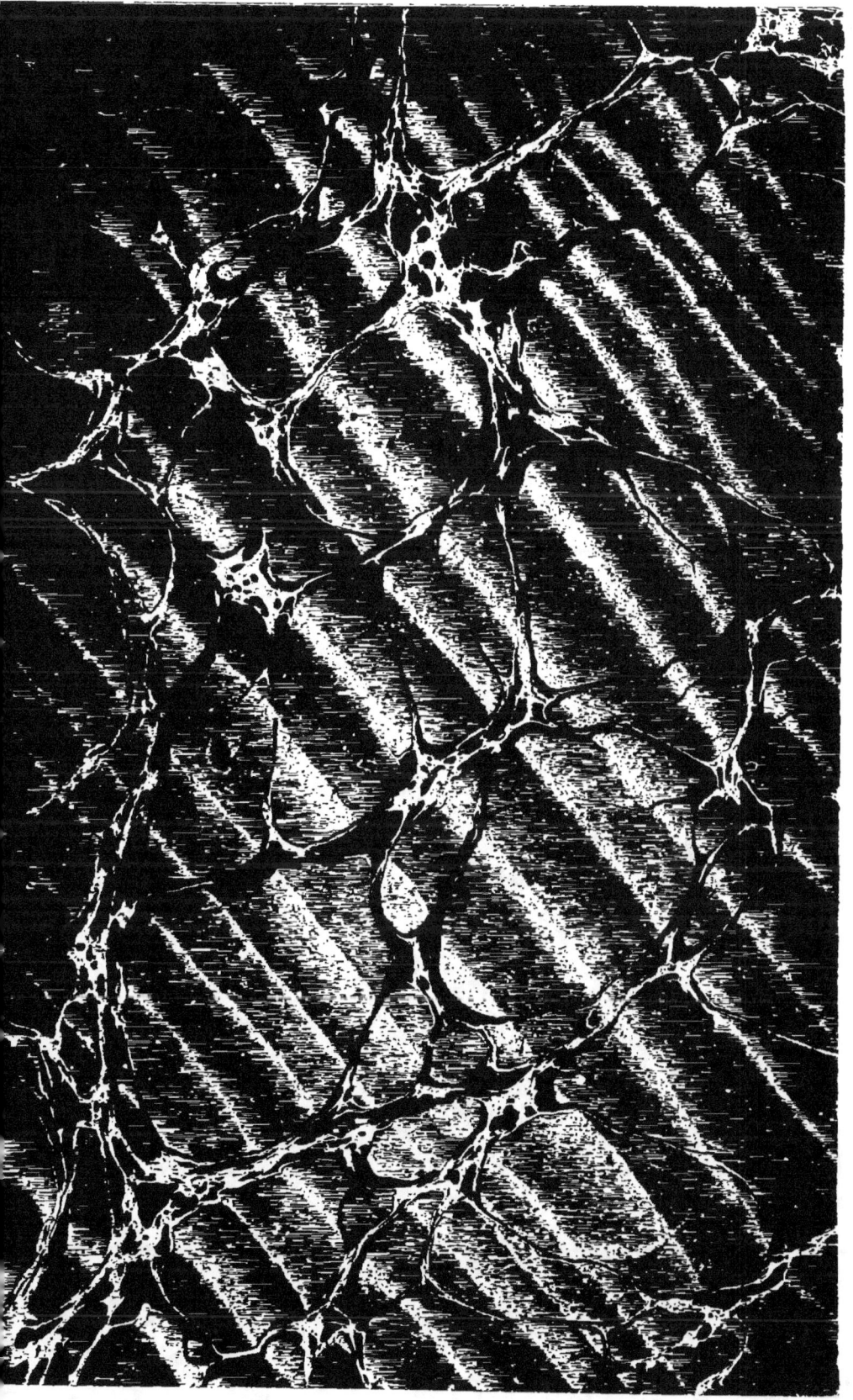

MF
P/94/3203

CES

DAMES

DU

GRAND MONDE

PAR

UNE FEMME QUI N'EN EST PAS

PARIS

P. LEBIGRE-DUQUESNE, ÉDITEUR

16, RUE HAUTEFEUILLE, 16

—

1868

CES DAMES

DU

GRAND MONDE

PARIS

IMPRIMERIE DE ROUGE FRÈRES, DUNON ET FRESNÉ,

Rue du Four-Saint-Germain, 43.

CES

DAMES

DU

GRAND MONDE

PAR

UNE FEMME QUI N'EN EST PAS

PARIS

P. LEBIGRE-DUQUESNE, ÉDITEUR

16, RUE HAUTEFEUILLE, 16

—

1868

UNE PRÉFACE PEU ENGAGEANTE

APHORISMES SUR LES FEMMES

Depuis que la femme est devenue un objet de luxe, on est obligé de consulter sa fortune avant d'en faire la dépense.

LÉON GOZLAN.

Mettez ensemble la tête d'une linotte, la langue d'un serpent, les yeux d'un basilic, l'humeur d'un chat, l'adresse d'un singe, les inclinations nocturnes du hibou, le brillant de la lune, enveloppez tout cela d'une peau bien blanche, ajoutez les bras, les jambes, etc., etc, et vous aurez une femme toute complète.

CHESTERFIELD.

Ce n'est qu'aux hommes que nous enseignons la morale, et ce n'est qu'aux femmes que nous demandons des mœurs.

DESMOUTIERS.

Le plus grand miracle de l'amour, c'est de guérir la coquetterie. Les femmes ne seraient pas ce qu'elles sont si les hommes étaient ce qu'ils doivent être.

SOMET.

Tout à la mode nouvelle,
A son mari parlant haut,
Éloignant ses enfants d'elle,
C'est la femme comme il faut;
Leur donnant selon leur âge
Et ses vertus et son lait.
Soumise, économe et sage,
Voilà comme il la faudrait.

LOUIS XVIII.

Les femmes se perdent beaucoup plus souvent par des imprudences que par des fautes réelles.

NINON DE L'ENCLOS.

Une cour sans femme est une année sans printemps et un printemps sans roses.

FRANÇOIS J^{er}.

Serments de belles, c'est sur l'haleine des vents, c'est sur la surface des ondes que vous êtes gravés.

CATULLE.

Les femmes sont coquettes comme elles sont jolies, sans y penser, et quand elles n'aiment que nous, il faut bien leur pardonner de vouloir plaire.

DUPOIY.

La femme est un sot et déplaisant animal.

ÉRASME.

Les femmes peuvent moins surmonter leur coquetterie que leurs passions.

LAROCHEFOUCAULD.

C'est en poussant un *hélas* qu'une femme en admire une autre.

Mme DE SIMIANE.

Les femmes, c'est la couleur et le parfum de la rose, c'est l'éclat, la pureté du cristal... — et surtout la fragilité.

LOPE DE VEGA.

Des vices et des vertus des femmes dépend le malheur ou la gloire de leur nation.

Mme ÉLISE DE VOIARD.

Les femmes vont autant au spectacle pour être vues que pour voir.

OVIDE.

La femme nous donne le jour, nous accompagne dans la vie et nous ferme les yeux. Sainte et douce trilogie, mère, épouse, fille, la femme est toujours notre ange gardien.

OSCAR DE POLI.

Leur cœur est comme une île escarpée et sans bords,
Mais on n'y peut rentrer quand on en est dehors.

E. VERMESCH.

J'ai eu des femmes et des bottines neuves; ça coûte cher et [ça fait du mal; — et quand c'est vieux, ça boit...

ANDRÉ GILL.

La femme ?

. . . .

. . . .

CH. VIRMAITRE.

QU'EST-CE QUE LE MONDE?

Qu'est-ce que le monde?

———

Le cas est embarrassant.

Le monde?

Est-ce une agglomération d'individus pétris d'une matière spéciale? Est-ce une secte à part? Une tribu au milieu d'un peuple?

Entend-on par cette expression : MONDE, ceux qui ont le loisir de ne rien faire, ceux qui vivent du produit des autres, qui jouissent de tout ce dont les autres ne jouissent pas?

Quel mot élastique que celui-ci : MONDE!

En province, on ne dit pas : « les gens du

monde; » on dit: « les gens de la société. » Les travailleurs disent : « les gens de la *haute*; » nos concierges disent : « les gens du pre-mier. »

Que voulait donc dire ce général,. lorsqu'il disait à un de ses collègues qui venait de se couvrir de gloire : « Général, vous êtes grand comme le monde ! »

Ici, même embarras.

Quel monde?

* * *

Chacun a ses idées particulières sur le *monde*. En voici un exemple dans la réponse textuelle faite par un des princes de l'écurie. il quittait celle de la princesse de X..., connue par le luxe et par la beauté de ses équipages.

L'hôtel voisin de celui de cette grande

dame est occupé par madame X. ., brave bourgeoise enrichie dans un commerce difficile à avouer. Elle consacre depuis trois ans son existence à imiter, ou plutôt à singer tout ce que fait la princesse, sa voisine mêmes voitures, mêmes couleurs de chevaux, mêmes toilettes, mêmes livrées, etc.

En apprenant que Williams quitte la princesse, madame X..., sans perdre un instant, lui fait dire de se présenter chez elle. Williams arrive, madame X... lui propose d'entrer à son service. Williams accepte comme si madame X... devenait son obligée. Mais arrive la question des gages :

— Que voulez-vous par mois, lui dit madame X...

— Mon Dieu, madame me donnera six cents francs par mois de fixe.

1.

— Six cents francs ! y pensez-vous ? s'écrie madame X...

— Mais certainement, madame, répond Williams. Je me contentais de cent francs chez la princesse, parce que là, j'étais DANS MON MONDE !

* * *

Le monde n'est-il pas aussi bien au faubourg Saint-Antoine qu'au faubourg Saint-Germain ?

Le monde, mais c'est tout le monde ! répond le bon sens ; tous ceux qui respirent, consomment, travaillent et pensent.

Non ! répond la routine. Font partie du monde ceux qui ont salons, laquais, voitures, titres, loge à l'Opéra ou aux Italiens ; costumes sortant de chez le bon faiseur, etc., etc.

Le monde, c'est une section de ce qu'on appelle le « tout Paris » des premières représentations. C'est le notaire, avant qu'il ait commis les peccadilles qui le conduisent en cour d'assises ; c'est l'agent de change, avant son départ pour la frontière ; c'est le banquier. avant la banqueroute... En un mot, le monde, c'est celui qui reçoit ou qui est reçu.

Eh bien, laissons le bon sens de côté ; suivons la routine, et voyons-le de près, ce monde !

* * *

Pour l'étudier fructueusement, il est bon de lire les journaux, qui, depuis une dizaine d'années, ont adopté la singulière spécialité de raconter à tout propos, et même à propos de rien, les faits et gestes des femmes du monde,

Ces journaux ont inventé des chroniqueurs, qui ont inventé une littérature hybride, ni chair ni poisson, un genre mixte. On croirait leurs chroniques rédigées par des marchandes de modes ou des couturières : on y décrit minutieusement les moindres détails d'une toilette, on n'y oublie même pas le plus petit nœud de ruban...

* * *

Les grands journaux politiques sont aussi atteints de cette épidémie intermittente.

Voici ce qu'on lit dans un de ces journaux :

« ..... Un orage couvait, et personne ne semblait s'en apercevoir. Heureusement, l'intelligente prévoyance de madame X... avait multiplié les distractions et les surprises, puis-

samment aidée dans ses mesures conciliatri-
ces par ses belles amies.

« Au moment où l'aigreur allait dégénérer
en colère, elle fit place à une admiration dans
laquelle se confondirent culottes et pantalons... Blonde traînant une robe brodée d'é-
toiles d'argent, le front surmonté d'une étoile
en diamants, l'épaule gauche presque cachée
par une cascade de boucles tombant très-bas,
madame de X... s'avançait, pareille à la déesse
de la paix, partageant l'enthousiasme de la
foule charmée, avec une ravissante marquise
d'un blond qui a pris au roux tout ce que celui-ci a d'agréable ; coiffée d'une toque hon-
groise de l'effet le plus exquis, et répandant
des flots de lumière qui scintillaient sur les
paillettes d'or et d'argent de sa robe : vous
avez reconnu madame de X...

« Les Grâces étaient trois : madame de X.. ,

coiffée en cheveux, avec un diadème de diamants et d'émeraudes, avait un voile de tulle
lamé enlacé dans les cheveux, qui retombait
jusqu'à la taille avec une masse de cheveux
ondulés. »

* *
*

Elles sont trois ou quatre qui accaparent
ainsi l'attention publique, qui veulent qu'on
parle d'elles quand même.

Madame de X... donne un bal : vite, le lendemain, on relit dans les journaux :

« Citons au *hasard*, parmi ce flot d'élégan-
ces de toutes sortes : madame de X..., mise
avec le goût le plus exquis ; madame de X...,
à demi décolletée, et en noir, à cause de la
mort de l'archiduchesse une telle. »

Voici venir encore le *hasard* :

« On dit merveilles du bal que donne, mardi, madame de X... Madame de X... a fait faire, à Lyon, une tenture en soie pour le grand salon; c'est, dit-on, un chef-d'œuvre. M. B..., un architecte en grande réputation, s'est chargé des travaux nécessaires pour agrandir les salons au moyen d'une galerie construite dans le jardin.

« On parle de cascades magnifiques, de fleurs extraordinaires. Ce sera féerique, inouï. Rien ne nous étonnera de madame de X..., en fait d'imagination élégante et de luxe intelligent. Elle est fée, et, quand elle veut se servir de sa baguette magique, elle peut faire sortir de terre des merveilles étonnantes. »

*
* *

Néanmoins, quelques jours plus tard, les journaux rendaient compte de la soirée :

« La fête donnée cette nuit, par madame de X..., est une des plus belles que l'on ait vues à Paris depuis bien des années. Rendons d'abord hommage au goût exquis qui a présidé aux merveilleux arrangements, dont il sera parlé longtemps. Madame de X... a rempli la tâche difficile, d'aucuns prétendent même impossible, de dépasser l'attente du public... Etc., etc. »

« A l'ambassade de ..., réunion des plus jolies femmes de toutes les nations du monde. Cueillons au *hasard* dans ce jardin et citons madame de X..., la comtesse de X..., madame de X... et madame de X...; etc., etc. »

Comme le hasard est drôle !

*
* *

Si ces dames vont en villégiature, on an

nonce d'abord leur départ comme un fait important; puis les chroniqueurs, continuant leur besogne, envoient à leurs journaux respectifs des correspondances relatant, ainsi que nous l'avons dit précédemment, les faits et gestes de ces dames :

*
*   *

« TOILETTE DE BAIN. — Blanc et noir, le bonnet de toile cirée, recouvert d'une longue résille de même couleur; espadrilles de toile blanche; *les cordons avantagent la jambe ;* le pied s'y pose plus sûrement : cela évite cette horrible *cânardurie* de la démarche des femmes. Un peu décolletée, mais on a une peau si brune qu'on ne craint pas le hâle, et la taille si fine qu'on ne craint pas le déshabillé des bains.

« TOILETTE DU MATIN. — Un petit costume, un prétexte de costume couleur mastic à pois foncé; la pèlerine forme deux pointes par devant et une seule par derrière. La première jupe est relevée et nouée par derrière par un seul grand nœud. Pèlerine manche et bas de la jupe bleus, dentelé bleu. Petit chapeau gris à cordon bleu. *Irrésistible* avec un grand voile bleu ramené autour de la figure et attaché sous le menton par une grosse rose naturelle.

*
* *

« TOILETTE DE COURSES. — Taffetas mauve et taffetas violet. Toque espagnole. Cordons de la première jupe et garniture de la seconde en chenille mauve et violette, brodés de jais blanc.

*
* *

« TOILETTE D'APRÈS MIDI. — Taffetas blanc rayé vert. Sur les coutures, aux épaulettes, aux poches, chefs de taffetas vert ruchés et brodés de jais blanc. Le col du paletot, droit, est boutonné comme un uniforme. Grande écharpe de taffetas vert sur la première jupe ; cette jupe, relevée sur les côtés par des cordons et des glands de perles blanches, est bordée d'une frange en jais blanc. Petit chapeau forme marinière en paille d'Italie blanchie, garnie d'une ruche verte en capeline et d'un ruban retombant blanc rayé vert.

*
*   *

« TOILETTE DU SOIR. — Robe en velours nacarat, avec crevés de satin blanc. Diamants dans les cheveux... Etc. »

*
*   *

Ainsi, cela fait quatre toilettes par jour.

Ce n'est pas cette dame qui eût pu répondre à sa femme de chambre ce que lui répondit madame X...

Une femme de chambre se présenta chez madame X... pour entrer à son service.

— Savez-vous coiffer? demanda la dame.

— Oh! certainement, madame! En une demi-heure, je coiffe une tête aussi bien que le plus grand coiffeur à la mode.

— Une demi-heure? que me dites-vous là! Et que voulez-vous que je fasse pendant tout le reste de la matinée?

— Oh! pendant ce temps-là, si madame le veut, je pourrai la décoiffer... »

* *
*

Dans un salon, on parlait de femmes du

monde qui, folles de tout ce qui est mondain, font littéralement la chasse aux bals et aux fêtes, et s'arracheraient les cheveux, — vrais ou faux, — si elles manquaient une occasion de ce genre de plaisir.

C'est un type féminin très-répandu à Paris.

— Voyez madame d'A..., disait une femme spirituelle; est-ce une existence que la sienne? Elle est toujours par raouts et sauteries, par soirées et grands bals, multipliant les visites, recherchant les présentations, ne reculant devant rien pour arriver à une invitation... C'est la femme mondaine par excellence. Elle fait à peu près de la nuit le jour, elle se couche quand se lève l'aurore. Ce n'est pas une vie, cela!

— Aussi, répondit le vicomte de P..., assure-t-on qu'elle *dévie*...

2.

II

LA JOURNÉE D'UNE FEMME DU MONDE.

II

La journée d'une femme du monde.

—

On se demande parfois ce que ces dames peuvent faire de leur journée.

Leurs journées sont si courtes, qu'on devrait plutôt se demander comment ces dames arrivent à trouver le temps nécessaire pour accomplir les prodiges de locomotion auxquels elles se livrent presque quotidiennement.

D'abord, la journée d'une femme du monde ne commence guère avant deux heures de l'après-midi, surtout l'hiver. La nuit a duré

jusqu'à cinq heures du matin : il y a compen-
sation.

Il faut songer à la toilette, et ce n'est pas
une mince affaire.

Ensuite, il faut aller au Bois : c'est un de-
voir pour une femme du *high life*.

Puis, les visites, les courses dans les magasins, sont également indispensables.

Les visites chez les personnes de *son* monde,
que l'on va essayer d'écraser sous l'affront
d'une toilette inédite... Les visites où l'on
cause du beau temps, de la pluie, du bal de
madame X..., du sermon de charité de
l'abbé Z..., du dernier scandale à la mode,
des folies du comte de M... pour la petite C...,
etc., etc.

Les stations dans les magasins, où madame
s'assied nonchalamment devant le comptoir,
pendant que le commis fait chatoyer devant

son œil dédaigneux toutes les richesses des rayons bouleversés...

* * *

Les jours de courses à la Marche ou à Chantilly, on se multiplie. Ces jours-là surtout, on lutte d'excentricité avec les dames du demi et même du quart de monde. Ces jours-là, madame arbore un soupçon ridicule de chapeau, un petit corsage... cynique, à force d'être consciencieux, avec une petite, toute petite jupe de soixante-quinze centimètres de longueur, bien collante et qui ressemble presque autant à un caleçon de bain qu'à une robe. De cette façon, les jambes s'offrent au passant... comme le plat du jour au consommateur.

Avec tant de laisser-aller, de générosité

dans les attitudes, on semble vraiment ne plus s'appartenir, et appartenir... à tout le monde.

* * *

Certes, nous sommes loin de nier que le rôle de la femme ne soit d'attirer et, au besoin, d'attiser les regards, mais en cela pourtant, comme en beaucoup d'autres choses, on doit garder une certaine mesure. Car, enfin, quelle rage pousse donc la femme honnête à revêtir la livrée du vice, livrée qui trompe souvent sur la position sociale de celle qui la porte ?

* * *

Aux bains de mer, pendant la saison d'été, la journée d'une femme du monde se passe

entièrement en changements de toilette :
quatre toilettes par jour, environ.

Et quelles toilettes !

Nous en avons déjà parlé ailleurs.

La journée du dimanche, à Dieppe ou à
Trouville, offre un spectacle tout particulier.

Ce jour-là, le chemin de fer déverse sur le
pays une collection d'hommes chauves, à
ventres proéminents, à l'œil pétillant, d'une
impatience fébrile. Au même moment, on voit
arriver du côté opposé une caravane de jeunes
femmes, qu'on a peine à reconnaître pour les
baigneuses de la veille, sous leur simple pei-
gnoir de toile.

Après s'être jetées avec une unanimité
touchante dans les bras des gros hommes,
elles disparaissent avec eux jusqu'au déjeuner.....

C'est la comédie conjugale qui se joue tous

3

les dimanches, le jour du *déballage* des maris,
comme on dit là-bas.

Ces dames, installées seules aux bains de
mer, reçoivent ainsi la visite dominicale de
leurs époux, retenus toute la semaine, par le
tourbillon des affaires, dans la grande ville. Le
samedi soir, l'époux, remettant au lundi les
choses sérieuses, prend joyeusement le *train
des maris*, pour venir savourer ce jour de
congé hebdomadaire, qui doit le récompenser
de sa solitude quotidienne.

Ce jour-là, madame s'est préparée, dans le
silence du cabinet... de toilette, à recevoir
son seigneur et maître.

Pour le dimanche, on allonge les jupes, on
dissimule les bras et les épaules, on supprime
les accessoires trop engageants, on éteint les
regards trop provocants, on raccourcit les
ceintures, on agrandit les toques : en un mot,

on reploie ses ailes, on change de peau. Le papillon redevient chrysalide... pour un jour.

* * *

Mais l'heure du déjeuner a sonné. Les couples reparaissent. Les gros hommes ont le maintien satisfait... de gens qui n'ont rien à se reprocher...

Les jeunes femmes ont l'air un peu embarrassé...

Elles sont empressées près de leurs maris ; elles leur versent à boire ; elles leur servent les meilleurs morceaux.

* * *

Madame de X... ne semble pas connaître le jeune homme brun qui lui fait face, celui qui lui apporte un bouquet tous les matins ..

*
* *

Madame de X... ne paraît pas avoir jamais vu l'Anglais aux grands favoris avec lequel elle fait, tous les soirs, un tour sur la jetée...

*
* *

Le spectacle est fort réjouissant pour l'observateur.

Mais, mon Dieu ! que de gens prennent tous les jours le *train des maris*. . sans pour cela sortir des fortifications !...

Il est évident que plus nous allons, plus l'époque devient *réjouissante*. Le cynisme du demi-monde rejaillit sur le monde entier. La *benoitonnerie*, arrivée à son paroxysme, permet bien difficilement, comme nous l'avons dit, de distinguer au premier abord une femme honnête de celle qui ne l'est pas.

* * *

L'épouse du notaire, de l'agent de change, du banquier, du baron, du comte, du marquis, du prince, etc., emprunte sa toilette tapageuse à l'*irrégulière* à la mode, qui ne s'attendait point à tant d'honneur ; et les héroïnes tarifées du turf de la galanterie servent de modèle à la mère de famille, qui est, avant tout, *femme du monde !...*

C'est ainsi qu'on arrive à donner à la foule railleuse le spectacle grotesque de ses hontes secrètes, et des mystères de son alcôve...

Cela va quelquefois jusqu'à vous faire étaler vos infirmités cachées en plein tribunal...

Coram populo !...

* * *

On se souvient encore de la lamentable histoire de ce haut fonctionnaire autrichien dont la lune de miel défraya le bulletin judiciaire du *Journal des Débats :*

C'était un honnête chambellan, complétement étranger au monde interlope, ayant conservé toutes les illusions de l'adolescence, aimant, avec la candeur germanique d'un Werther convaincu, une Charlotte dont l'unique souci était de promener sur les boulevards la traîne de sa robe de velours, et de partager les succès des habituées du Casino.

Pauvre naïf chambellan !... Il avait fait

d'avance son programme : il voulait épouser une jeune fille vertueuse, modeste, raisonnable, éloignée d'un luxe trivial...

Il avait compté sans la *journée d'une femme du monde...* ce programme que, de par le bon ton, elle est obligée de remplir.

* * *

A propos du programme, n'allons pas oublier la visite à l'*émailleuse*... L'émailleuse, une importation d'outre-Manche !

A ce sujet, constatons que le maquillage est distancé. Aujourd'hui, on a trouvé moyen de passer les femmes à l'émail... comme les soupières... et de leur refaire une... jeunesse !

Un ou deux billets de banque sont le prix de cette préparation délicate...

Délicate, en effet !... car la dame, une fois

émaillée, doit veiller au *rictus* de son visage, et ne pas sourire d'une façon trop prononcée, sous peine de faire éclater des fissures à ses joues, et de produire des dégradations dans ses charmes factices.

A ces conditions, les chairs les plus ravagées empruntent les apparences de la porcelaine la mieux réussie, et les femmes les plus *marquées* peuvent encore faire battre des cœurs... de jeunes hommes.

*
* *

Ajoutons encore, à la liste des occupations de ces dames, les séances à la cour d'assises, les jours où l'on juge un criminel *intéressant*, et où l'on croit pouvoir compter sur des *détails horribles.*

3.

C'est surtout en province que ce genre de divertissement est très-prisé.

L'année dernière, dans un de nos départements, pendant une affaire *del primo cartello*, le tribunal a siégé tous les jours sans désemparer, même le dimanche. Les dames de la *haute société* du chef-lieu ont, en cette circonstance solennelle, négligé la messe pour la cour d'assises...

Mais n'omettons pas que, les dimanches, elles venaient avec leur livre d'heures...

III

LE MÉNAGE D'UNE FEMME DU MONDE.

III

Le ménage d'une femme du monde.

———

Prenons pour type M. de V..., un nom très-connu. M. de V... a cinquante ans environ; il est en assez bon état, d'une figure agréable, aussi bien conservé qu'on peut l'être après avoir largement usé de tous les plaisirs, de tous les excès de la jeunesse; homme du monde; de l'éducation et de la fortune: enfin, tout ce qu'il faut pour être heureux. Une bonne tenue, soigné sans excès, linge fin, breloques, l'habit ni neuf ni usé; le menton frais

4

rasé, le front dégarni, le ventre saillant; *cossu* comme tout homme riche. .

* * *

Madame de V..., contraste frappant avec son mari, est une toute jeune brune, pleine d'ardeur et d'excès, de goûts extrêmes et ruineux, de ruse et d'esprit : elle est femme enfin ! C'est la fine fleur exécrée des dames, adorée des hommes, remarquée et recherchée de tout le monde. Elle n'a pas de rivale en élégance et en magnificence. Elle possède ce besoin d'admiration, ce désir de plaire, cette charmante ambition des femmes, cette soif de conquêtes où elle sort victorieuse; mais, hélas! comme l'abeille, elles laissent parfois leur vie dans leur triomphe.

* * *

Madame de V... n'est-elle coquette que pour son mari, ou l'est-elle aussi pour les autres?

Que madame de V... ait l'ambition, bien légitime d'ailleurs, de conquérir de plus en plus le cœur de son mari, ou qu'elle rêve d'autres lauriers, elle n'en fait pas moins des dépenses exorbitantes, menaçantes; son budget, très-constitutionnel, a besoin de crédits supplémentaires, complémentaires, et est toujours en déficit à la fin de chaque mois. Si madame a de grands succès dans le monde, ils coûtent cher à son mari... C'est une femme à outrance, tout comme nos *cocottes*.

*
* *

M. de V... paye souvent des reliquats monstrueux pour l'entretien de sa femme.

Mais « tant va la cruche à l'eau, qu'à la fin elle se casse... »

Il y a trois mois, par exemple, monsieur osa des observations sérieuses, mais pourtant il paya... Madame pleura un peu, promit beaucoup... et les dépenses continuèrent.

Afin de réparer la brèche par où entrent les fournisseurs, monsieur joua à la Bourse.

* * *

La fin du mois d'octobre approchait : M. de V... allait avoir bientôt la solution de ce problème conjugal, si difficile à résoudre. Un soir, qu'il quittait la Bourse, où il venait de gagner une somme énorme, il rentrait chez lui tout heureux, pensant que si madame avait outré sa dépense, il avait grandement de quoi la payer, quand, tout à coup, il se heurta dans

un jeune homme qui descendait de chez lui
par l'escalier de service. On ne peut pas dire
que ce jeune homme fût un gandin à tous
crins, d'une élégance et d'une chevelure irrésistible ; non. C'était tout simplement un jeune
et joli garçon, bien coiffé, proprement mis, et
qui pouvait être tout ce qu'on voudrait : un
voleur ou un amant, un homme d'esprit ou un
imbécile. Il n'avait rien d'extraordinaire
qu'un petit carnet à la main. Il pouvait bien
plaire à madame de V... puisque notre an-
cien proverbe prétend que « des rois ont
épousé des bergères »...

Quoique très-habitué aux excentricités de
madame, M. de V... devint subitement in-
quiet : il eut un pressentiment vague que ce

4.

jeune homme venait de chez sa femme. En y réfléchissant, en se rappelant surtout le petit carnet que ce jeune homme tenait à la main et qui ressemblait assez à son carnet de banque, il se dit d'abord que ce pouvait bien être un voleur; mais il avait son carnet dans sa poche. Il se dit aussi que cet inconnu pouvait être l'employé de son agent de change; mais il se répondit vite qu'un commis de banque, qu'il pouvait ne pas connaître, l'aurait connu lui, du moins, et l'aurait salué, plutôt deux fois qu'une. Alors, il chercha dans ses souvenirs, à retrouver cet homme parmi les cavaliers qui assiégeaient madame, dans le monde, aux concerts ou aux théâtres; il n'y réussit pas. Il n'y avait pourtant pas de quoi se rassurer entièrement; mais, confiant comme il l'était, il pouvait bien n'avoir pas remarqué ce jeune homme...

Tout cela fut pensé et pesé en moins de temps qu'il n'en faut pour l'écrire. Bref, M. de V... appela le concierge.

— Qui ce jeune homme a-t-il demandé?

— Madame de V..., répondit le concierge.

Furieux, M. de V... monte le grand escalier de son hôtel. Le démon de la jalousie lui redit tout bas les excentricités, les exagérations, toutes les folies provocantes de sa femme depuis son mariage. On ne fait pas tant de frais pour un mari, pour un homme *à soi*; on n'est si coquette que pour des amours plus difficiles et moins sûrs.

Tout en raisonnant ainsi, M. de V... approchait de son appartement.

Il se souvint tout à coup que, depuis quelques jours, madame était triste, inquiète; qu'elle n'avait plus sa belle insouciance d'autrefois... Chose plus grave, il se trouvait que,

la veille, elle n'avait pas mangé, qu'elle s'é=
tait plainte de sa migraine, qu'elle n'avait
pas voulu aller aux Italiens, où l'on jouait la
Traviata...

Tout en additionnant les chiffres pour ou
contre, tout en supputant son *doit* et *avoir*, il
alla à l'appartement de madame, afin de savoir
exactement son compte.

⁎

Madame de V... était dans son boudoir,
affublée d'un négligé plus que négligé, avec
une humeur et une robe de chambre aussi
foncées l'une que l'autre...

— Bonjour, ma chère amie, dit M. de V...
Bonne journée, aujourd'hui ! J'ai beaucoup
gagné.

— Tant mieux ! dit vivement madame, dont le visage s'éclaircit un instant.

— Quoi ! tu n'es pas habillée ! Nous dînons de bonne heure ; nous allons ce soir à l'Opéra.

— Je souffre de ma migraine, dit madame en reprenant son air sombre.

— Le spectacle distraira peut-être ton mal...

— Il l'augmenterait plutôt.

— Comme tu voudras, ma chère.

— Merci, mon ami.

— Ah ! à propos, dit M. de V..., il n'est venu personne ?

— Personne !

***

M. de V..., voyant que madame lui cachait la visite de l'inconnu, résolut de dissimuler et se promit d'observer sa femme avec soin, pour arriver à découvrir le fatal secret.

Madame ne descendit pas dîner et n'alla pas à l'Opéra.

*
* *

Le lendemain, M. de V..., plus tourmenté que jamais, alla à la Bourse un peu plus tard que de coutume ; et là, préoccupé ou malheureux, il perdit beaucoup. En revenant chez lui, il eut la fantaisie de rentrer par l'escalier de service ; il se trouva face à face, nez à nez, avec le jeune inconnu, qui en descendait les premières marches... Il allait l'arrêter court, quand il pensa à son laquais qui le suivait ; il ne voulut pas avoir d'explication devant un *domestique*, et laissa passer le jeune homme, qui continuait à descendre.

*
* *

Aux trois quarts... convaincu, M. de V...
alla voir madame, qu'il trouva dans le même
état que la veille, même un peu plus triste,
plus changée; elle avait pâli, maigri, — les
femmes maigrissent à volonté; — elles peuvent ce qu'elles veulent, tant l'habitude vio-
lente l'homme à leur égard. Ses cheveux
étaient noués à peine sur sa belle tête; sa robe
de chambre flottait en désordre autour de sa
taille. Assise et accoudée sur son fauteuil, madame de V... avait la tête posée sur ses deux
mains, dans cette grave attitude qu'*Albert
Durer* a donnée à la Mélancolie.

— J'ai perdu beaucoup ! dit le mari avec
la double humeur du joueur et de l'époux
malheureux !

— Ah ! tant pis, fit madame, dont le chagrin sembla augmenter.

Ce fut là toute la variante de la conversation de la veille, qui se reproduisit d'ailleurs
dans les moindres détails avec une fidélité
absolue.

Madame n'avait vu personne ; elle était plus
souffrante que jamais ; elle ne mangea pas du
tout ; elle refusa d'aller au bal.

*
* *

Monsieur fut aussi dissimulé que madame. Il passa une nuit affreuse, une nuit
d'angoisses et de doute. Il résolut d'en finir
les jours suivants et de s'assurer enfin du secret de sa femme et de son malheur.

Le lendemain , M. de V... ne perdit ni ne

gagna à la Bourse, par une bonne raison ; il n'y alla pas.

Il fit pourtant atteler à l'heure ordinaire et sortit, en feignant d'aller à ses affaires ; puis, après un tour au bois, il revint brusquement sur les trois heures à son hôtel, donna ordre au concierge de ne laisser sortir personne, pas même le jeune inconnu de la veille, auquel il voulait parler ; et, sans se faire annoncer, alla droit chez madame , dans le dessein de les surprendre.

Arrivé à la porte de la chambre, il regarda par le trou de la serrure, et vit madame qui lisait un papier.

— C'est une lettre ! pensa-t-il.

Il voulut ouvrir... La porte était fermée intérieurement.

Il frappa violemment.

— C'est moi ! ouvrez ! s'écria-t-il.

Madame de V... vint ouvrir. Pâle, éplorée, troublée, hors d'elle-même.

En entrant, M. de V... jeta un regard inquisiteur sur sa femme, pour chercher d'un coup d'œil le petit papier qu'elle avait caché, lequel, à dessein ou par hasard, dépassait visiblement le haut de sa collerette. M. de V... parcourut rapidement la chambre, et aperçut le petit carnet que l'inconnu, surpris, avait sans doute laissé tomber en fuyant.

— Madame ! fit M. de V...

— Qu'avez-vous donc?... Vous êtes dans un état effrayant ?

— Et vous-même, madame, je ne vous ai jamais vu un pareil air... Pourquoi diable avez-vous fermé cette porte ?

— Mais, probablement parce qu'elle avait été ouverte.

— M. de V... ramassa le petit carnet.

Madame trembla de tout son corps.

— Vous causiez avec quelqu'un, reprit M. de V...

— Quelqu'un... balbutia madame en rougissant.

— Mais je vous ai entendue parler, ce me semble?

— Vous vous êtes trompé...

— Vous chantiez peut-être la *Femme à barbe* sur un air italien ?

— Je ne vous comprends pas.

— Peut-être lisiez-vous dans ce petit carnet?... A propos, qui donc l'a laissé ici ?

— Ce carnet... je l'ai acheté...

Elle ne put achever. Elle tomba à genoux.

— Et ce papier? s'écria M. de V... en voulant le prendre où il le voyait.

— Ce papier? Oh ! pardon, pardon...

Elle fit un geste pour le retenir.

— Ah ! madame, vous m'avez trompé !...

— Pardonnez-moi... Je suis bien coupable !

— Il serait donc vrai?... Après tant d'amour !

Sa voix se perdit dans un sanglot.

— Je suis bien criminelle !... Pitié! pitié!

— Malheureuse, donnez-moi ce papier?

— O mon Dieu ! que va-t-il dire? que va-t-il faire ?

Et elle s'évanouit.

*
* *

M. de V... profita de cette défaillance pour saisir le fatal papier et le lire.

Ce terrible papier, cette lettre fatale, ce billet doux, cause de tant de douleur, était... une facture !

Voici ce que le mari avait lu :

X.Y.Z.

MAGASINS DE NOUVEAUTÉS & SOIRIES

Doit madame de V...

Un cachemire de l'Inde. . . .   5,000 fr.
Dix robes de soie.   4,000
Un voile d'Angleterre.   3,000
Diverses fournitures.   17,000
                                  ——————
Total.   29,000

Alors, M. de V... ouvrit le mystérieux carnet : il était plein de billets doux semblables.

— Honte, mille fois honte, ma chère amie !
dit M. de V... Quoi ! te faire du chagrin pour
si peu?

Madame reprit connaissance immédiatement.

*
* *

Bon mari, M. de V... s'attendait à bien pis : il craignait d'être ce que Molière dit, au Théâtre-Français, en toutes lettres ; il en était quitte cette fois pour la peur... et l'argent.

En femme habile qu'elle était, madame lui avait fait craindre le *plus* pour obtenir le *moins*.

En ce moment, le jeune homme entra. Le concierge l'avait retenu au passage, en lui disant que monsieur voulait lui parler.

— Je vous demande pardon, dit-il à M. de V... ; je vous dérange peut-être... mais j'ai beaucoup de courses à faire pour la maison : je reviendrai.

— C'est inutile, monsieur. Je n'ai qu'à vous payer vos factures, et à vous rendre ce carnet que vous avez laissé ici.

*
* *

M. de V... paya en bon or les tourments qu'il avait soufferts.

Le commis prit son carnet et s'en alla, non sans pousser un soupir de regret : il avait vu si souvent madame dans un négligé plus que transparent, et elle avait été si câline pour obtenir des délais!...

Voilà comment font certaines femmes pour contenter cette passion désordonnée, ruineuse, de la toilette, et en faire payer les frais à leurs débonnaires maris.

*
* *

D'autres femmes, moins scrupuleuses ou moins fines, font faire des fausses clefs et volent sans vergogne la caisse commune.

*
* *

Il y en a qui dépensent sans aucune effraction : témoin madame une telle, que j'ai connue, qui, dans la dépense du ménage, ajoutait ce qu'elle devait pour son compte personnel. La volaille, la viande, les œufs, etc., étaient horriblement chers, mais les châles et les robes étaient pour rien.

Un jour, son mari lui demanda :

— Depuis quand donc le beurre coûte-t-il cinq francs la livre ?

— Depuis que les cachemires ne coûtent que cent francs, répondit la femme... Cela tient aux chemins de fer !

Dans ces sortes de ménages, la vie ne se passe pas toujours aussi gaiement. Monsieur sort dans la journée pour ses affaires ; madame va au Bois le soir; monsieur va au club, au cercle ou chez Nini... Madame... se désennuie comme elle peut. Quant aux enfants, c'est, pour la plupart du temps, des domestiques qui en prennent soin; et on s'étonne après cela que les enfants n'aient pas le respect pour la famille ! Qui donc le leur inspire? On s'étonne de leur précocité en toutes choses... Vraiment, il ne faut pas du tout s'étonner : les domestiques sont presque toujours des gens sans intruction; autrement, ils ne feraient pas ce métier-là ; que peuvent-ils dire à ces enfants? Questionnez-les, ils répondront pour nous.

A ce qu'il paraît, cette vie est parfaitement acceptée. Monsieur et madame font ce qu'ils veulent; et, pourvu que la chronique scandaleuse ne glose pas trop, tout va bien.

De temps en temps, néanmoins, un petit

scandale dans le genre de celui-ci défraye les gens avides de ces sortes de choses :

*
* *

M. de L... ne sait pas résister aux charmes d'une femme, pourvu que ce ne soit pas la sienne. Il s'est fait, dans le *demi-monde,* la réputation d'un très-bon garçon, et il vit largement sur sa réputation et sur son capital.

*
* *

Madame de L... trouve chez les hommes des qualités remarquables, excepté chez son mari. Elle a réussi à faire, des infidélités de M. de L..., un manteau pour les siennes ; et, dans les heures d'épanchements intimes (heures très-rares, hélas !) elle charge son mari de

toutes les iniquités du ménage ; mais M. de
L... a bon dos et bonne tête...

Un jour, vers deux heures, M. de L... sortit avec ce calme que donne une âme pure et
un bon déjeuner; il alla, par habitude, fumer
son cigare chez Nini, qui occupe, rue de La-
val, un premier étage que plusieurs ruines ont
meublé.

Nini reçut M. de L... du fond d'une excel-
lente chaise longue, où elle se reposait d'un
maquillage consciencieux, en réfléchissant aux
prédictions de la tireuse de cartes.

— As-tu la loge pour ce soir? lui demanda
Nini, au bout de quelques instants consacrés
à des cancans ineptes.

— Oui, dit M. de L...

Il chercha dans ses poches et ne la trouva
pas.

— Oh! cela ne fait rien, ajouta-t-il; c'est le numéro 5, avant-scène du rez-de-chaussée.

— En es-tu sûr ?

— Oui certainement.

— Dans ce cas, je ferai dire à Ernest, si tu veux, de venir avec sa femme ?

— C'est parfait.

***

Le ménage d'Ernest est, en tout point, semblable à celui de M. de L...

Tout étant convenu, M. de L... demanda à Nini où il lui plairait dîner et l'heure qu'il lui conviendrait de fixer; puis il alla se délasser à cheval, au bois de Boulogne, de la tension d'esprit nécessitée par tous ces arrangements.

***

Vers dix heures du soir, M. de L..., qui avait glorieusement dîné, arrive au spectacle, ayant à son bras mademoiselle Nini, les yeux pleins de cette langueur que distille un bordeaux grand cru. On demanda l'avant-scène 5. Après un moment d'hésitation, l'ouvreuse dit qu'il y a déjà deux personnes.

— C'est Ernest, dit M. de L..

L'ouvreuse ouvrit la porte de la loge, qu'on vit plongée dans une obscurité profonde : les deux stores étaient levés aussi haut qu'ils pouvaient monter, et deux personnes, la main dans la main, un homme et une femme, naturellement absorbés par la pièce et étourdis par l'orchestre mugissant à leurs pieds, n'avaient même pas entendu ouvrir la loge.

M. de L... s'effaça pour laisser passer mademoiselle Nini, qui entra, s'approcha de la femme, lui mit la main sur l'épaule et lui dit :

6

— Bonsoir, bichette. Y a-t-il longtemps que tu es là?

Cependant M. de L... criait à l'oreille du jeune homme :

— Bonsoir, mauvais sujet!

* *
*

Les amoureux se retournèrent. Tableau. La jeune femme poussa un cri et essaya de toutes ses forces de s'évanouir. M. de L... resta la bouche béante, et le *petit crevé*, pâle comme un mort, se leva, paraissant disposé à ne pas vendre chèrement sa vie.

C'était madame de L..., à qui un domestique avait apporté le coupon de la loge, trouvé par terre dans la salle à manger. Croyant à une galanterie de son mari, elle avait immédiatement fait prévenir un jeune vicomte de ses amis qu'elle irait le prendre au club, à huit heures.

* * *

Grâce au vin qu'il avait bu, M. de L... s'en tira à merveille ; il reprit son sang-froid, s'inclina devant sa femme et lui dit :

— Pardon, madame, je me trompe, ou plutôt on m'a trompé...

Et il sortit, fier comme Ménélas !

Le lendemain, on voyait monsieur et madame souriant et parés dans un bal du grand monde. Le vicomte y était aussi. Les bonnes amies disaient tout bas, en regardant le groupe :

— Voyez donc l'épouse de L... et compagnie !...

IV

COMMENT AIMENT LES FEMMES DU MONDE.

IV

Comment aiment les femmes du monde.

——

Elles aiment de bien des manières...

Mais le fond est toujours le même : la crainte
du scandale.

Madame la baronne de X... aime les cabo-
tins, un vrai goût de filles. Demandez à A...,
de l'Opéra-Comique, comment il trouve le
bordeaux-laffitte du baron !

Madame de G... aime les jeunes imberbes,
et elle se plaît à leur faire jouer le rôle de
Chérubin avec sa marraine,—seulement d'une
façon plus accentuée.

*
* *

Madame de P..., cette beauté robuste qui craint de se compromettre, préfère ses laquais. Tout le monde connaît cette femme si *exigeante*, qui fait manger à sa livrée des truffes et des écrevisses à la bordelaise...

*
* *

Madame de B... aime les jeunes gens dévots. Elle n'a pas grand choix, car ils sont rares.

*
* *

Madame de R... aime les militaires : l'uniforme bleu de ciel et le pantalon garance la plongent dans des ravissements éthéréens; le bruit du sabre résonnant sur le pavé lui donne des tremblements nerveux. Elle adore la musique... militaire, et quelquefois aussi son chasseur, parce qu'il ressemble à un militaire.

*

Madame de C... aime ...., ma foi, je ne sais pas qui ni quoi ; mais elle a de bien jolies femmes de chambre, pour qui elle a une extrême indulgence... ce qui étonne bien des gens.

*

Ce serait peut-être ici le cas d'ouvrir une parenthèse et d'entamer une dissertation sur l'amour. Mais à quoi bon ? Chacun aime à sa manière, ou du moins fait semblant d'aimer : ce qui n'exclut pas les manières.

*
*   *

Chez nous, quand on aime une femme, on le lui prouve en lui faisant la cour six mois et plus, en endurant toutes sortes de privations pour lui faire un léger cadeau. On prend sur ses nuits pour allonger les jours, afin d'avoir le temps nécessaire au travail. On aime exclusivement; on n'admet pas le partage. La femme n'est pas considérée comme une gravure de modes. Nous ne partageons pas l'avis de M. Prudhomme, qui dit : « Ce que les trois quarts des hommes aiment le plus dans une femme, c'est sa couturière. » Nous aimons la femme pour elle. Les diamants, la soie, le velours, rehaussent certainement les charmes, mais n'y ajoutent rien.

Je sais bien qu'il doit être fort agréable

d'aimer une femme qu

que d'aimer. Je m'expl.

monde est désœuvrée, ell.

renferme des trésors qu'el.

cher... Il faut être indulgent,   .ait,

la paresse est mère de tous les vi..s! Ce n'est

pas cette femme qui est coupable; c'est le pré-

jugé! Et puis, rappelons encore que l'occasion

fait le larron, et Dieu sait si la femme du

monde a des occasions! Au théâtre, monsieur

arrive à dix heures, — quand il vient.— Pen-

dant ce temps, elle cause avec un *ami*... Ma-

dame va en soirée.

* * *

Monsieur est beaucoup trop vieux ou beau-

coup trop grave pour danser. Madame valse,

polke, *cotillonne :* on s'étreint corps à corps,

l'haleine se confond avec l'haleine; en tour-
billonnant, la lumière étourdit les danseurs.
Madame est décolletée outre mesure; son ca-
valier a vingt ans : l'éloquence de la chair est
immaîtrisable; il faudrait être saint Antoine
pour résister à de pareils enivrements... Si
madame fait la prude, cela accroît les désirs
du soupirant : et, un jour de mauvaise humeur, madame, vaincue par l'assiduité de l'ar-
dent valseur, ne peut plus dire comme on disait jadis de la citadelle de Lille : Je suis
imprenable !

*   *   *

Ils ne sont pourtant pas beaux, leurs adora-
teurs, leurs *petits crevés*, frisés comme des
poupées évadées de la vitrine d'un coiffeur,
vêtus de ces affreuses vestes d'écurie que l'on

nomme si pittoresquement : *Je ne m'en ferai plus faire !* Et les pantalons, des pantalons collants qui laissent voir des jambes ressemblant, suivant une expression admise, à des pincettes en convalescence ; coiffés d'un chapeau de lampiste, chapeau aussi petit que leur esprit et qui complète bien leur costume grotesque.

*   *
*

On s'est moqué des marquis talons rouges de la Régence, des roués et des abbés de ruelles qui, quittant le lit d'une duchesse, allaient se vautrer chez les filles d'Opéra. Il n'y a rien de changé : il n'y a que des drôlesses de plus.

Un des plus grands écrivains de ce temps-ci a parfaitement, dans ses conversations particulières, résumé cet état de choses : il affirmo que les enfants devraient porter le nom de la mère, et jamais celui du père.

C'est ce même écrivain qui, lorsqu'il va dans le monde, note scrupuleusement sur un carnet *ad hoc* les noms et les adresses des jeunes *cocodès* qu'il y rencontre. Si on lui demande pourquoi il fait cela, il répond : « C'est pour les inviter : cela fera tant de plaisir à ma femme ! »

Est-ce qu'il voudrait ainsi justifier sa théorie? Je ne le sais.

* * *

Chacun se souvient de la fameuse histoire du Collier de la reine Marie-Antoinette, et du rôle qu'y joua une fille nommée *Oliva*. Par sa ressemblance merveilleuse avec la reine,

Oliva servit beaucoup aux audacieux voleurs du collier, et, aujourd'hui même, que soixante et dix ans ont passé sur cette triste histoire, on n'est pas bien convaincu que ce n'était pas la reine en personne.

*
* *

Des faits analogues ne se passent-ils pas de nos jours ? Des courtisanes éhontées ne tirent-elles pas parti d'une ressemblance fortuite pour faire leurs *affaires*, et compromettre dans l'esprit public certaines grandes dames? Je n'affirme rien, ni pour ni contre... Je cherche.

*
* *

Ainsi, au quartier Breda, il existe une grande fille brune, sèche, maigre, à l'œil cynique, aux gestes provocants; toujours vêtue d'une splendide robe de soie verte, elle a un équipage doublé de satin jaune, des laquais et out ce qui s'ensuit. Cette fille fait des folies : elle soupe chez Hells, va au Casino, au théâtre des Jeunes-Artistes, à l'Alcazar, partout, en un mot, où il y a du monde. Elle lance ses regards à droite et à gauche, comme un marchand lance ses prospectus. Elle est impertinente; elle marche fièrement et dédaigneusement, tout comme une grande dame; enfin, peut-être fait-elle son stage? Quoi qu'il en soit, dans le quartier on la nomme « *madame la princesse* » !

Eh bien, dans dix années d'ici, ce sobriquet passera à la postérité...

*
* *

Mais revenons aux femmes du monde, et cherchons à comprendre pourquoi, quand elles sont si haut placées, elles descendent si bas volontairement.

* * *

Le fils d'un grand souverain avait été bien sage toute la semaine ; il avait bien récité ses leçons, il avait bien appris son Machiavel : aussi, le dimanche, son précepteur demanda au papa souverain une récompense pour l'enfant.

Pendant que le précepteur faisait sa demande, l'enfant regardait par la fenêtre du château ; il trépignait de joie à la vue d'une demi-douzaine de polissons qui se roulaient dans une mare de boue. Le souverain s'approcha :

7.

— Monsieur mon fils, que désirez-vous pour prix de votre sagesse ?

Silence de l'enfant, qui continuait de regarder dans la rue.

— Voyons, répondez, mon fils.

— Papa, fit l'enfant en désignant le ruisseau et les polissons, je voudrais faire comme eux : voyez là-bas. Je voudrais me rouler dan cette belle boue.

Cette fois, j'ai peut-être trouvé !

V

COMMENT ON DEVIENT QUELQUEFOIS
FEMME DU MONDE.

V

Comment on devient quelquefois
femme du monde.

Il y a plusieurs moyens et plusieurs façons
de devenir *femme du monde*.

*
* *

Le moyen le plus simple c'est de posséder
une dot respectable.

*
* *

Ce moyen n'est pas à la portée de toutes les demoiselles à marier.

*
* *

Pour celles qui sont sans dot, la chose devient plus difficile : elle n'est cependant pas impossible. Il ne s'agit que de mettre la main sur l'*homme du monde*, qui peut vous faire pénétrer de vive force dans la caste privilégiée.

Seulement, dans ce cas, il faut savoir faire des concessions. Il faut savoir passer par-dessus certaines considérations physiques et morales. En un mot, il faut savoir faire un *marché*.

*
* *

Une jeune fille de petite bourgeoisie, dont

l'imagination s'exalte à cette atmosphère *be-noitonne* dans laquelle nous vivons, n'aspire naturellement qu'à sortir d'un milieu qui ne répond pas à ses aspirations. Elle laisse alors entamer les négociations avec le *sujet* qui doit lui ouvrir les portes de ce *monde* si désiré.

Il y a même des mères pauvres qui élèvent leurs filles dans le secret espoir de leur faire épouser quelque jour un vieillard riche et bien posé... tout simplement pour que ladite fille devienne *femme du monde*.

* * *

Chez beaucoup, cela tourne à la monomanie.

Cette spéculation sur la beauté naissante d'une enfant est plus commune qu'on ne le pense.

Pourquoi s'en étonner ?

On vend bien les femmes sur les marchés de l'Asie !...

* * *

L'agence matrimoniale est encore une fabrique de *femmes du monde*.

Une chose à noter, c'est que la femme, en général, possède une facilité de transformation, une puissance d'assimilation qui n'est pas donnée à l'homme.

Vous prenez un paysan : vous le dégrossissez ; vous tentez d'en faire un *homme du monde*... Il n'en reste pas moins paysan, comme devant.

C'est pour l'homme qu'a été inventé le proverbe : « *La caque sent toujours le hareng.* »

* * *

Quant à la femme, c'est une autre affaire.

La grande tribu de la *Pieuvrerie* se recrute, pour la majeure partie, dans les départements. Nos campagnes fournissent le plus fort contingent au Minotaure.

Mais comme l'assimilation se fait vite !...

La plupart des drôlesses qui exécutent le tour du lac et qui traînent un cortège d'imbéciles à la suite de leur char... *numéroté*, sont d'anciennes cuisinières qui, après avoir mis la salade dans le panier, se mettent maintenant dans le panier à salade.

C'est pour cette raison qu'on a beaucoup de peine, aujourd'hui, à trouver des *bonnes*.

Elles préfèrent l'autre métier, qui est infiniment plus lucratif.

*

Le théâtre moderne fourmille de ces servantes déclassées.

A un degré infime de l'échelle hiérarchique de la troupe, vous avez ce qu'on appelle vulgairement les *grues*. Cette dénomination, du domaine de l'histoire naturelle, s'applique à ces malheureuses, engagées pour leurs mollets, dont la vocation artistique est stimulée par un dégoût profond de leur profession primitive et par un vif attachement pour le perdreau truffé et le homard.

* *
*

Les *hommes du monde*, esclaves du bon ton, passent leur vie à offrir des homards à ces ex-laveuses de vaisselle, dont la conversation, qui sent le terroir, semble offrir un certain charme à leur imagination blasée.

Fascinés par ces créatures maquillées, quelques-uns vont jusqu'à les épouser!

C'est l'apogée du *delirium tremens*.

Alors, la *cocotte* passe *femme du monde*. Elle disparaît tout à coup des théâtres de ses succès. On ne la voit plus figurer en Cariatide dans les apothéoses des féeries, ni en maillot couleur de chair dans le cortége des rois Drelindindin ou Hurluberlu. Elle ne s'étale plus, éhontée, aux avant-scènes des *bouis-bouis*.

Si l'idiot qui lui a donné son nom est de province, l'ex-cocotte devient assidue à l'église et rend le pain bénit. Alors, elle a le clergé pour elle... Elle est sauvée!

Et cependant, chaque fois qu'un nouvel embranchement de voie ferrée rapproche Paris de son *endroit*, la dame doit être en proie à de puissantes appréhensions.

Si un *boulevardier* du café de Suéde allait

tomber tout à coup dans le pays, et reconnaître, dans cette prétendue *femme du monde,* l'ancienne *Nini* des Délassements..., corrigée et considérablement augmentée !

Cela pourrait donner lieu à des reconnaissances fâcheuses.

— Où diable ai-je donc vu cette comtesse de J...? se dirait le flâneur parisien, égaré dans ces parages. Ah! parbleu, j'y suis !... c'est dans le ballet des Légumes, de la Porte-Saint-Martin !

Voilà le revers de la médaille.

Tout n'est pas rose dans la vie d'une *femme du monde...*

VI

LES NAÏVES. — LES ROUÉES.

VI

Les Naïves. — Les Rouées.

On peut diviser les femmes du monde en deux catégories.

Au lieu d'une définition, il est bien plus simple de vous raconter deux histoires *authentiques*.

*
* *

La première se passait à l'époque où l'on replantait les arbres sur les boulevards.

On pouvait, ce jour-là remarquer un jeune

homme d'une tournure distinguée qui, depuis la Bastille, suivait avec une anxiété visible un chariot chargé d'un superbe sycomore roulant lentement sur le macadam.

A un certain endroit du boulevard, en face d'une certaine porte, le chariot fit halte.

Le jeune homme s'arrêta en pâlissant, comme le Colonel du Gymnase, et s'écria à part, comme dans un drame de l'Ambigu :

— Ciel !... que vois-je ? Ici cet arbre ?..

Et s'adressant aux conducteurs du chariot :

— Pardon, mes amis, leur dit-il d'une voix tremblante d'émotion; pourquoi n'allez-vous pas plus loin ?

— Mais, bourgeois, parce que nous sommes arrivés...

— Quoi ! ce sycomore ?...

— A sa place désignée ici.

— En face du n° *** ?

— Oui, bourgeois.

— Cela ne vous serait pas égal de le planter plus loin ?...

— Impossible, bourgeois; voilà son trou tout prêt.

Et les hommes plantent à l'endroit indiqué le sycomore mystérieux dont les branches fourchues semblent regarder d'un air narquois les fenêtres de l'appartement d'en face.

— Horrible !!! s'écrie le jeune homme en s'enfuyant...

*
* *

Et les conducteurs de l'arbre fatal le regardent avec stupéfaction se perdre dans la foule, tout en jetant leur dernière pelletée de terre.

Quel était ce jeune homme?

Quel était ce sycomore ?

* *

. . . .

Quelques heures plus tard, une jeune femme en toilette élégante, sortait de la maison d'en face, s'arrêtait à son tour devant le sycomore mystérieux, et tombait évanouie dans les bras d'un commissionnaire, en s'écriant, comme dans un cinquième acte de la Gaîté :

— Oh ! le châtiment !... le châtiment !...

* *

Le commissionnaire, aidé par le concierge de l'hôtel, remonta la jeune femme dans son appartement. Le mari, éperdu, s'informe de la façon dont l'accident est arrivé. Le commissionnaire lui raconte que madame est tombée évanouie au pied d'un arbre qu'on venait de planter vis-à-vis de la maison.

— Étrange!... se dit le mari, comme dans une pièce du Palais-Royal. — Pourquoi ma femme, que les végétaux n'indisposent pas d'habitude, s'est-elle évanouie devant cet arbre nouvellement planté ? Évidemment, cet arbre cache un mystère palpitant sous son écorce grossière...

Là-dessus, monsieur descend à son tour et va devant le sycomore...

Pendant ce temps, madame a repris ses sens.

*
* *

Monsieur rentre avec une figure renversée.

— Grâce!... s'écrie la jeune femme avec

les intonations de Marie Laurent. Je ne fus point coupable !...

— Madame, lui dit froidement le mari, quand on s'appelle Ermesinthe, et qu'on a un cousin du nom de Philarète, il est de la dernière imprudence de graver en toutes lettres ces noms-là à la pointe d'un canif sur l'écorce indiscrète des sycomores... car ces sycomores, qu'on croit à jamais cachés dans les profondeurs du bois de Vincennes, se trouvent transportés un jour, par une ironie suprème, devant la demeure de l'époux outragé.

*
* *

Hélas ! c'est à dix-huit ans qu'on a de ces affaires-là !...

Les naïves !... elles n'ont pas songé à l'arbre révélateur !

La deuxième catégorie comprend les femmes plus avancées dans la vie, qui ne commettent plus de ces écoles-là.

Une autre histoire à l'appui.

* * *

Un des plus opulents quarts d'agent de Paris est capitaine dans la garde nationale. Chaque fois qu'il est de garde, sa femme, une des poupées mondaines les mieux réussies des salons parisiens, peste contre les exigences du service civique, qui obligent son Ernest à passer des nuits au poste. Pauvre femme !... Elle est si peureuse que quand monsieur doit découcher, elle s'enferme dès huit heures du soir, à double tour, à triple verrou, dans son appartement ; et une fois calfeutrée et bastionnée ainsi, elle n'ouvrirait plus pour un

empire. Sa femme de chambre elle-même,
qu'elle a envoyée coucher de bonne heure, ne
saurait pénétrer auprès d'elle.

Monsieur rit beaucoup de cette faiblesse de
madame.

Mais, rien n'y fait.

* * *

Un soir d'hiver, Ernest, qui commandait
le poste de l'Hôtel-de-Ville, s'aperçut qu'il
avait oublié son képi. Comme un shako gêne
horriblement pour se reposer la nuit sur le
lit de camp, et qu'il faisait un temps magni-
fique, Ernest, qui d'ailleurs demeure à deux
pas de là, allume un cigare, laisse pour quelques instants à son lieutenant le commande-
ment du poste, et s'en vient frapper à l'ap-

partement de sa femme, plus verrouillée que jamais.

Il n'était pas dix heures. Mais suivant son habitude, les jours de garde, madame était enfermée depuis le dîner.

Ernest, au courant de la circonstance, insiste et frappe plus fort.

— Qui est là?... demande une voix émue.

— Parbleu, c'est moi! répond en riant le capitaine. Figure-toi que je viens chercher mon képi que j'ai oublié, et je... mais ouvre donc!...

— Attendez, reprend la voix émue. Attendez! je n'ai pas de lumière...

— Ne te dérange pas, dit le mari impatienté. Je n'ai pas besoin de lumière. Passe-moi seulement mon képi, reprends mon shako et je me sauve.

— Le voilà, murmure madame en entr'ou-

vrant la porte et en remettant la coiffure de-
mandée.

Le capitaine descend tout en riant du bruit
de serrures et de verrous qui s'est fait enten-
dre derrière lui.

* * *

Quelques minutes après, il rentrait au
poste, se coiffait du képi, s'étendait sur son
lit de camp, et s'endormait d'un sommeil de...
mari.

* * *

Au matin, il s'éveille, sort de sa chambre,
et entre dans celle du poste.

Ses hommes le regardent avec stupéfaction, puis, partent irrespectueusement d'un immense éclat de rire.

Le capitaine, étonné, demande au tambour qui se trouve sous sa main, la raison de l'hilarité générale.

Le tambour balbutia :

— Mon capitaine... pardon... mais vous êtes coiffé... coiffé...

Il ne peut achever... il se tient les côtes... et tout le poste aussi.

Ernest se découvre rapidement, regarde sa coiffure et devient rouge, blanc, jaune... de toutes les couleurs...

*
*   *

Il s'est endormi avec le képi garance à turban bleu céleste des chasseurs d'Afrique... un simple liséré d'argent lui révèle que cette coiffure doit appartenir à un sous-lieutenant de cette arme...

* * *

Ernest est homme du monde avant tout. Il arrange la chose, et se met à en rire tout le premier, en l'expliquant de la façon la plus plausible à ses gardes nationaux convaincus...

Il ne descend la garde qu'à cinq heures : il refoule héroïquement ses angoisses au fond de son cœur, en attendant le moment des explications.

* * *

De son côté, madame s'est aperçue, *dès l'aube*, de l'erreur qu'elle a commise. C'est le képi bleu de roi de son mari qui se trouve sur

son guéridon, au lieu d'un certain képi rouge
qui devrait y être...

*
* *

Une autre (catégorie des *naïves*) eût perdu
la tête.

Celle-ci a immédiatement une idée.

La présence d'esprit est la sauvegarde des
ménages!...

Le soir, Ernest rentre sombre, et sans
dire un mot, jette aux pieds de madame la
coiffure accusatrice.

Madame pousse un cri de joie. — Ah!...
enfin!... vous l'avez donc trouvé?...

Ernest la regarde avec surprise.

— Ah! mon Dieu! s'écrie-t-elle, l'ai-je
assez cherché?...

— Quoi ? que voulez-vous dire ? s'exclame Ernest confondu.

— Eh bien ! mon képi pour le bal costumé de demain... chez la baronne...

Et elle montrait à son mari un ravissant costume de cantinière de chasseurs d'Afrique étalé sur le tête-à-tête...

* *
*

— Et toi ? comment te mettras-tu ! dit-elle à Ernest, avec son ravissant sourire. .   .   .

.   .   .   .

.   .   .   .

.

VII

COMMENT FINISSENT LES FEMMES DU MONDE.

VII

Comment finissent les femmes du monde.

? ? ?

VIII

COMMENT ELLES DEVRAIENT FINIR.

VIII

Comment elles devraient finir.

—

Une de mes amies me proposa un jour de me présenter à la baronne de R... J'ai horreur des présentations, des soirées et de tous les salons en général; une dame qui reçoit me produit depuis longtemps l'effet d'une araignée qui attend les mouches au passage pour les attirer dans sa toile et leur sucer le sang.

*
* *

Deux ou trois fois je m'étais laissé prendre à ce prétendu charme des soirées même

artistiques, je m'y étais rongé les ongles jusqu'au vif à force d'ennui et j'avais juré, quoique un peu tard, qu'on ne m'y prendrait plus.

La proposition de mon amie me fit reculer
de deux pas.

* * *

Est-ce que tu as marché sur une vipère ?
me demanda-t-elle en riant.

— Pire que cela. Une femme qui a ses
lundis.

— Mais tu es folle.

— Au contraire, ah ! j'en ai vu des lundis,
des jeudis, des samedis, et j'en ai assez.

— La baronne est une sirène.

— Toutes les femmes qui reçoivent ont la
prétention de l'être.

— Je suis enchantée de te trouver dans

cette disposition d'esprit, je n'en aurai que plus de plaisir à voir s'évanouir tes préten- tions.

— Je ne t'en donnerai pas l'occasion.

— Si, tu viendras pour m'obliger.

— Demande-moi autre chose.

— Je te promets de l'imprévu.

— Quelques nouvelles manières de préparer le thé, ou quelques danses imitées du Casino.

— Point, tout est simple et bien, et je ne te donne pas deux heures pour être éprise de la baronne.

— Tu l'es donc toi-même?

— Parfaitement. Et bien d'autres le sont comme moi. Mais nous sommes ravis de l'ai- mer tous ensemble.

— C'est une énigme.

— Viens, tu la devineras sans être sphinx.

— Quel âge a-t-elle donc ta baronne?

10.

— Devine.

— Vingt ans?

— Ah bien oui!

— Trente ?

— Tu en es loin

— Quinze alors?

— Tu t'éloignes de plus en plus de la vé-
rité.

— Je jette ma langue aux chiens.

— Elle a... soixante-trois ans.

— Je comprends alors que ta sirène soit
peu dangereuse.

— Et tu acceptes?

— Puisque tu y tiens je me sacrifie.

— Prends garde à ton cœur.

*
*   *

Le salon de madame de R... est vaste,
élevé de plafond, on est surpris en entrant
d'y respirer et de se sentir à l'aise ; cette
grande pièce est sans dorure, mais elle a la
mine assez aristocrate pour s'en passer. C'est
bien là le cadre qui convient au tableau à la
fois gracieux et digne de la maîtresse de la
maison ; j'ai dit gracieux et c'est vrai, car
madame de R... est gracieuse avec ses
soixante-trois ans, elle est charmante, spirituelle, attachante ; mon amie avait raison, on
l'aime malgré soi comme une bonne sœur
aimée, on lui sacrifie sans peine les femmes
jeunes et coquettes qui ont des prétentions
sur tous les cœurs.

*
* *

Elle est jeune, cette aimable femme, non point de visage certainement, mais d'esprit, de caractère, de cœur ; elle attire, elle entraîne, elle aurait une cour, si l'on supposait seulement qu'elle en eût le désir.

*
* *

— C'est à désirer, être une vieille femme, me dit un jour une jeune dame qui aurait été charmante sans ses enluminures de blanc et de rouge.

Comment expliquer ces succès à soixante-trois ans, c'est fort simple.

En ne les cherchant pas, la baronne devient une exception, une personnalité, un caractère, une originalité, si vous l'aimez mieux.

*
* *

Avec de la poudre de riz, le fard et les encres noires de Chine et de Japon, les femmes sont toutes ou à peu près des copies semblables d'un même original qui n'existe que dans leur imagination. La monotonie chasse la gaieté, comment voulez-vous qu'on se plaise dans un salon au milieu de mauvaises copies de Debureau (les femmes qui ont le goût des faces pâles) et de poupées de cire (celles qui se plaisent hautes en couleur) qui n'osent se remuer dans la crainte que leur corset fasse mal ou que la poudre tombe.

*
* *

Madame de R... porte en souriant ses cils et sa chevelure blanche, c'est déjà quelque chose de ne ressembler qu'à soi. N'ayant pas à s'occuper de ces mille riens abrutissants qui font de la plupart des femmes du monde des machines agissantes, rien de plus, son esprit exempt de souci brille de tout l'éclat qu'il possède. En a-t-elle plus qu'une autre? je ne sais vraiment pas, mais ne visant à rien, il est toujours varié.

* *
*

Elle n'a pas ces lèvres pincées que prennent certaines femmes, soi-disant du monde, même de quarante ans, dans leur rage d'ajouter chaque année douze mois à la date de leur naissance; loin de jeter un mot acerbe, de dénigrer les attraits des femmes plus jeunes qu'elle reçoit; on la voit s'occuper d'elles, faisant valoir chacun de leurs charmes, admirant franchement la beauté des unes, attirant

l'attention sur l'esprit, la grâce ou la modestie des autres.

*
* *

Au contraire de certaines femmes du
monde qui, arrivées à un âgé certain ne peuvent supporter autour d'elles ni la jeunesse,
ni la beauté, ni l'esprit, ni le cœur, n'ont
de ressources pour se consoler de vieillir,
qu'en jetant de la boue à pleines mains à tout
ce qui est jeune, beau, moral et spirituel.

Ces dernières se plaignent de l'isolement,
elles nous accusent de ne les aimer que lorsqu'elles sont jeunes, de condamner leur âge
mûr à l'abandon et à l'oubli.

*
* *

Madame de B... a trouvé le secret de l'é-
ternelle jeunesse, ce n'est pourtant pas une
Ninon de Lenclos, oh! non. Elle a trouvé tout
simplement le secret de vieillir, la nature a
si bien fait les choses, elle reste dans la nature. Jeune, elle a été adorée et adorable,
toutes les qualités de la mère de famille ;
vieille, elle aime ces qualités chez les autres.

Voici ce que j'entendais dire, une fois, par
madame de D..., à une jeune femme mondaine et frivole par excellence :

« Voyez donc, ma chère belle, c'est vraiment vous estimer trop peu, que de mettre
tout votre mérite à ressembler plus ou moins
à une statue de Vénus, c'est trop de modestie
d'attacher tant de prix à quelques charmes du

visage, lorsque, si vous le voulez, il vous en reste tant d'autres.

« Essayez de mon moyen ; l'expérience me donnera raison, et la plus habile coloriste parmi vous, si bien barbouillée que soit son visage, aura peut-être droit à un prix de peinture, mais je défends à vos prétentions d'aller au delà.

*
* *

« La beauté n'est qu'une chose de convention ; les femmes sont belles parce qu'elles ont la peau blanche, les cheveux lisses, de grands yeux, une pâleur qui fait que les hommes nous comparent aux étoiles, tandis qu'à dix lieues de la capitale, une femme haute en couleur, fraîche et grasse, est le type de la beauté de son sexe. On la compare à une pivoine.

11

* *
*

« Il y a une quantité de femmes dites laides qui ont inspiré des passions. Pourquoi donc cette idolâtrie pour cette partie du corps qui s'appelle le visage.

* *
*

« L'esprit et le cœur ne vieillissent pas, et la figure, qui les reflète, a toujours sa jeunesse. Lorsque nous tressaillons sous la caresse d'un chérubin rose et blond, qui nous dit : grand maman !... nous avons le secret d'une nouvelle jeunesse, dont les joies sont le respect et l'amour.

« Voyez-vous, ma chère amie, la perspective du foyer conjugal est pour notre vieillesse future plus agréable à rêver que les casinos,

les bals et tous les lieux de réunions d'hommes que, sans nous en douter, nous avons
créés.

« Si vous craignez le scandale, méditez
cet aphorisme : Si vous ne voulez pas qu'on
marche sur votre ombre, n'allez pas dans la
rue. »

I X

CONCLUSION.

I X

Conclusion.

Et maintenant, à quoi tout cela tient-il?

Pourquoi la femme du monde, qui repré-
sente la *femme honnête*, affecte-t elle ces allu-
res?... surtout depuis quelques années?...

Pourquoi a-t-elle pris le mauvais ton, les
toilettes extravagantes et la tournure impu-
dente des filles de basse extraction auxquelles
la littérature actuelle s'efforce de faire une
notoriété.

«Ah mon Dieu! c'est bien simple!» comme
on dit au Palais-Royal.

*
*   *

Avant tout, la femme, en général, a le besoin inné de plaire à l'homme à quelque degré
de ridicule et de dégradation que celui-ci soit
descendu.

*
*   *

Chacune cherche naturellement à exercer
dans son milieu son influence essentiellement
fascinatrice. C'est pour cette raison que, sans
s'en rendre bien compte à elle-même, elle
s'assimile insensiblement à la nature de ceux
qui l'entourent, et dont les hommages lui sont
nécessaires, indispensables même.

Or, la femme du monde, vivant avec et
pour les *hommes du monde*, a dû nécessaire-
ment chercher le côté qui pourait le mieux

les séduire, les *empoigner*, comme on dit en langue verte.

＊　＊　＊

Et, comme les *hommes du monde* d'aujour-d'hui ne sont précisément *empo·gnés* que par les *tapageuses de trottoir*, les ex-laveuses de vaisselle passées *cocottes*, pour les chairs fanées et maquillées desquelles cette partie du monde qu'on appelle *petits crevés* commet tant de folies, les femmes du monde alors, avec une logique désespérante, ont voulu ravir le cœur des *petits crevés* aux immondes *tarifées* du ruisseau, et se servent des mêmes moyens que ces drôlesses patentées.

C'est alors que, sans comprendre la honte de pareille lutte, elles ont rivalisé avec celles-là de vulgarité, d'immodestie, de maquillage et de cynisme.

Elles ont fait le tour du lac en conduisant leur panier d'osier; elles ont étalé des costumes insensés aux avant-scènes des petits théâtres; elles se sont fait fagoter par le *couturier* à la mode, celui qui répond aux dames l'interrogeant sur l'effet de leur corsage : « ça dépend de ce qu'on y met. » Elles ont été s'inspirer des sauteuses en renom, à Mabille et à Asnières; elles se sont plâtré leur frais visage à l'instar des *édentées de la débauche;* elles ont été applaudies aux débuts hasardeux d'une *invalide de l'amour malsain* sur un théâtre de genre; elles ont voulu que les *petits crevés* puissent dire en parlant d'elles :

« Mais sapristi !... mon bon !... la comtesse de X... a un vrai chic de cocotte !... Elle est presque aussi canaille que la petite B... ou la grande C .. »

Il n'est rien qu'elles ne fassent et qu'elles n'aient fait pour mériter cet éloge de la part des *petits crevés*, cette rachitique et grotesque génération dont le docteur Ricord connait tous les secrets... .

* * *

Ainsi, qu'on n'accuse pas trop la femme du monde Elle joue un rôle qui, au fond, n'est pas dans son emploi. Elle a reçu une brillante éducation : elle l'oublie entièrement et tâche de dépasser en grossièreté les filles de la campagne, parmi lesquelles se recrute généralement le clan de la cocotterie. Elle est mère de famille : elle ne songe plus qu'elle a un exemple à donner à ses enfants...

Faut-il qu'il aille loin ce désir de plaire aux *petits crevés* !...

* *
* *

Somme toute, nous ne leur jetons pas la pierre : nous constatons seulement, et nous les plaignons.

Tout ce qu'on pourra dire à ce sujet ne les corrigera pas.

Que faut-il faire alors ?...

Attendre, et espérer tout du temps.

* *
* *

La race des *petits crevés* finira par s'éteindre par l'appauvrissement du sang. Il ne restera que des hommes.

A ce moment, la *femme du monde*, avec sa puissance extraordinaire d'assimilation, redeviendra FEMME.....

TABLE DES MATIÈRES

—

—₪₪₪—

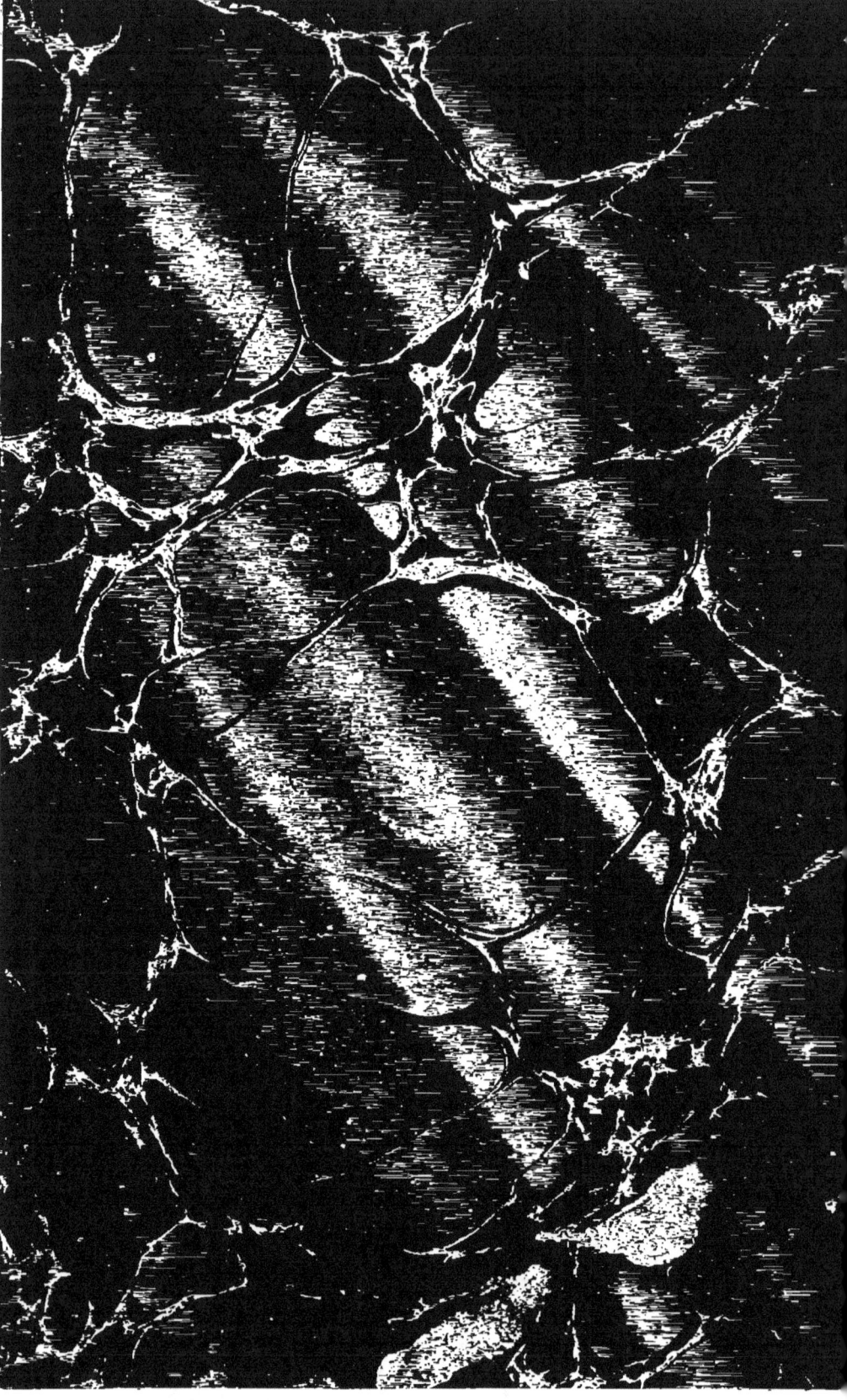

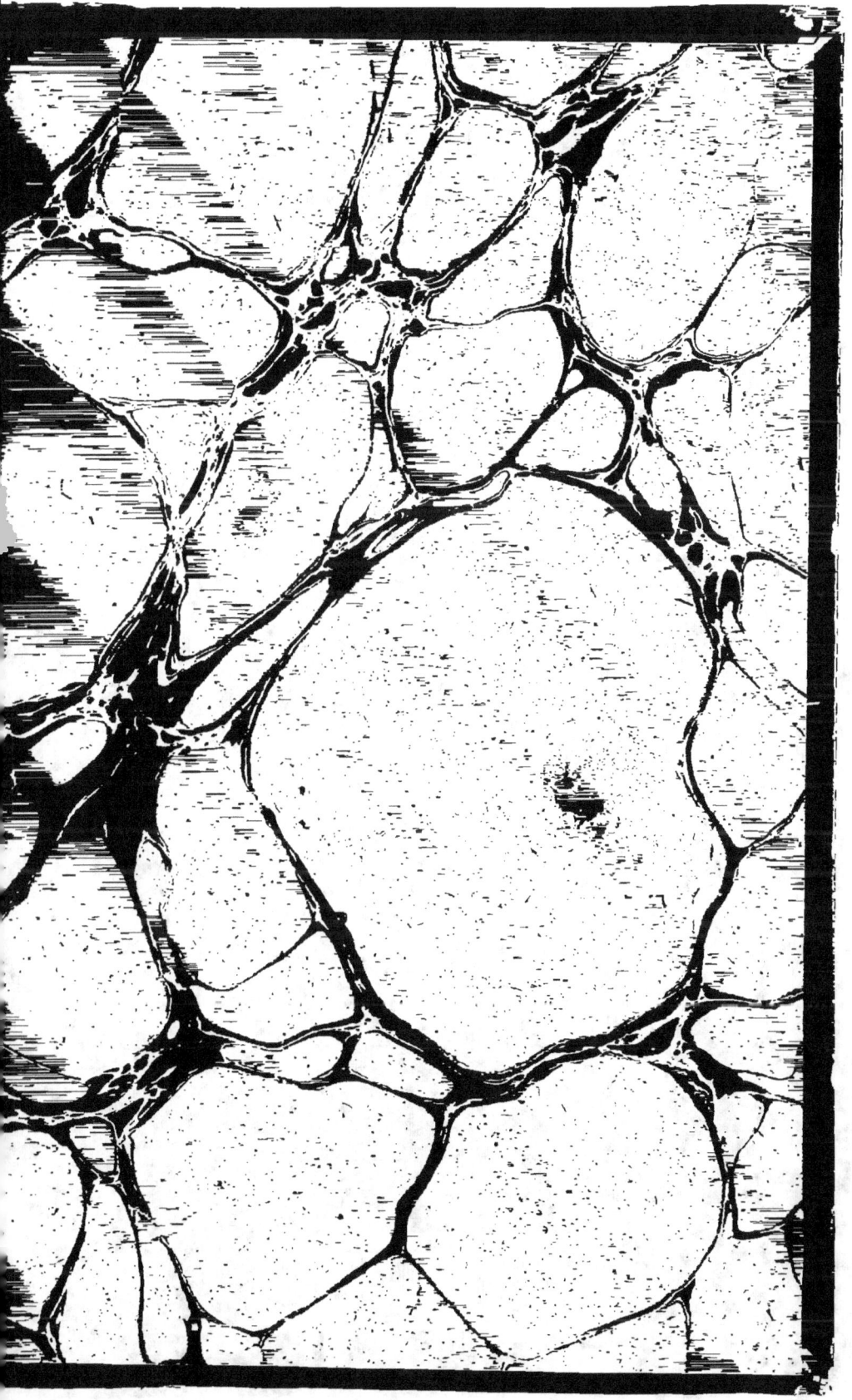

www.ingramcontent.com/pod-product-compliance
Lightning Source LLC
Chambersburg PA
CBHW051148260626
47170CB00005B/2013